JN153245

鶯浦るか詩集

星の血

OUURA LUCA

EとIとAに

目次

真空のゆりかご 10
麦秋幻想 14
きみという稲穂その実りが私の手をはなれ 20
林檎の実るとき 24
蝶よ　どこで雨をしのいでいるか 28
帯水層―vadose zone 32
風の方舟(アーク) 38

夜が連れてくる 46
羽化と翼 52
射撃手 54
富士 58
鳥のうた 62
煉獄にて 64
得心 66
発着所(プラットフォーム) 68
風邪ひきの春 70
犬と羅針盤 72

つばめ来よ　78
がんぼう　86
空は青さをまして反転する　90
パンと芍薬　96
カウントダウン　102
三十分　108
青磁　Celadons　110
甃にて　112
夢の作用　116

あとがき　122

表紙カバー・文中カット／鶯浦るか

星の血

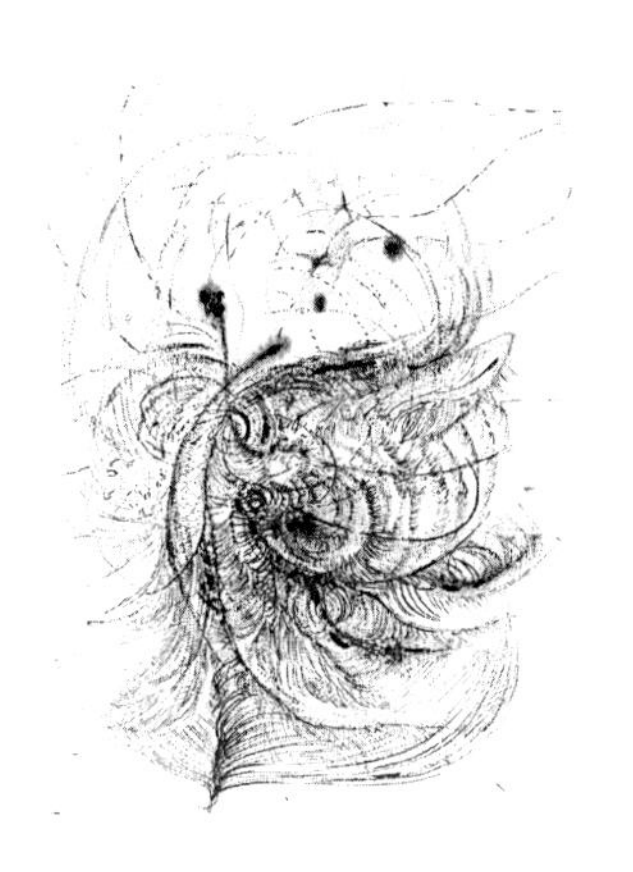

真空のゆりかご

出会いと前進と
確認と訣別と
　幾千もの選択をくりかえし
　　夜にまた包まれ
夢という繭にこもり
　明日をつむぐとき
すこしだけ私たちは　さなぎに近い
　きっとおなじ眠りが　あすの目覚めを
もたらすと　信じて眠る
けれどもだれが知るだろう

波が砂を洗い
　静かに打ち寄せて
凪いでいるとき　しぶきが石をたたきつけ
さけぶような音で風のすさぶとき

星々は　天空の眼のなかで
その差し配を握り
　ちりばめた光となって
　波打ちぎわの砂粒をかぞえるようにして
生きとし生ける者たちの
寝息をかぞえているのを

　理性が夢のなかへ連れ去られ
煉獄の春がくるとき
　ある共振性によって

あのけものたちを目覚めさせるのを

ああ
星という星よ
色なき瓦斯の果てに
顕われた
硬質な秩序よ
暗黒の天空に
穿たれたほころびよ
瞬き　やがて　赤く燃え尽きる
さだめよ

われら立つこの星もまた踊る

ひとつの軌道を

まわる
揺蕩の
青い碧玉よ
真空のゆりかごの
音のない
ざわめきに
高速で座する
　命を乗せた方舟よ

ああ
　星という星よ
永劫の一瞬をその輝きにやどして踊れ
神々のまなかいに
　宿命づけられ
苛酷な億光年の慈愛を享けて

麦秋幻想

ひげは死んだあとも　のびるかしら
ごましおひげの顔が　はじめてで
名を呼んだら　もう焼かれていた

ぬるい風が　濃い緑の葉裏を　びょうびょう鳴らしてすさぶ
母の日の　朝十時半　かがんでぬぐっている
書斎の床に　かたむいていく家に
羽をぬぎおとし　蟻は　クエン酸水に
端正な　ながくてまるい羽をうかべて　およぎだす
天井の羽目板から黒くつらなってひしめきあい

這いだしては　ぽとぽと首や床におちてくる
羽をおとすまえに　羽をおとすまえに
タオルでぬぐおうとするけれど
かきつけた原稿用紙の文字のうえでひしめきあい
インクはかすれ　紙一面を汚していく

別の日　あおい海と空から　丘へ吹きあげる風は
黄金の麦の香をはらみ　神社をまわって
犬の耳の飾り毛をそよがせ　おおきな桜の幹をだきしめる
根元にみずならの　蘖が　よるべなく
葉をふるわせ　ほそい銀の芽をのばす

親のない木は　かなしくないか

手をふるように　手をふるように
光のほうへ　光のほうへ

みつかりたいように　みつからないように
杜のすみに孤児となって　忠魂の石塔が
紫や緑の粘菌におおわれてもだす下
　石段のわきに　水のほうへ　空うつす田のほうへ

苔の段通に聳える銀杏と樅の杜のうえには
ぶどう集選場の青いトタン壁に
まっかに錆びた鉄の扉が閉じている
二軒だけの葡萄農家のうち　一軒の棚の下で
からすが一羽　翼を下げて嘴をあけ
あるる　と啼き　下草を刈る持ち主の　近くの地面をつつく
ぴかりぴかり　めひからせ　紅白のまるいものをくわえ
　ばさりと羽音をたて　いっしんに　神社の下の家の杉に向かい
樹冠のほうへ　子のまつほうへ　枝の暗がりに消えた　まひるの光に

もう一軒の農家の葡萄は百年ほども　丹精されたのに
去年の秋にみな伐られ棒っ杭になり
わずかに残された木が
青いトタン壁のわきで　蔓をのばしはじめる

薄毛を気にしていた叔父の遺品に
子どもの描いたような　水彩のピーマンと人参の絵に
薄毛の効能　と　筆で箇条書きにした額があった

とき経たきざはしのうえの獅子は
結んだ口の下に　蜂の巣をつけている
あざのように　あざなう運命の　ときがめぐり
わずかに残された木は　新しい葉をかがやかせ
ぶどうの蔓も　光のほうへ　水のほうへ
うしなわれた髪のように　麦の風に吹かれ

母の日に　部屋にあらわれたしろありは
書きかけの原稿用紙の桝目をうめて
羽をおとし　よろめきながら歩いた刹那
番いあって別の文字になった

葡萄の蔓　蟻の文字　のびていく　のびて　ひげになる
のびた　ごましおひげで　ひとりのまま　部屋で
ひとくち　プラスティックの丼の昼食を食べたなり
突然に　逝った　子のない叔父の香典礼は
墨と筆でかかれ　羽をふわりとぬぎおとす
うすずみ色の　文字になり　巻紙にのべられ
蔓になって　くりひろがり
みずならのひこばえに　あいさつを送っている

きみという稲穂その実りが私の手をはなれ

私はかかし　ここに立っている
全てが去ったあとも　からっぽの大地をみつめて
はりつけのキリストの　おろされたあとの
十字架となったまま　甦りのときを待つ

かけめぐる夢に　瞳を熱くもやし
この場を動かず　夢をおいかけて
薫風のわたる　美しい季節も

私はかかし　ここに立っている
秋の実りに黄金（こがね）の穂をきみがつけるようにと

穂をたれる　きみの先には未来がある
　　冬になり　穂がみのりをつみとり
田んぼが　からになったとき
枯れくさにおおわれ
落ち穂が雪にかくれるときも
私は動くことがない
葉先をゆらして成長をつづける　草のなかにも

私はかかしだ　おろかにも
ここに立つと決め　動かずに　立ちつづける
縛められ　顔はへのへのもへじ
　かさをかぶって　こどくな黒い　影になり
からすにあざわらわれ
美しい夕陽のさすときも

霧雨に邑里がけぶるときも

私はかかし
なにもなくなったあとも
まもろうと　ひがな立ちつくす

きみが田の中に　黄金の稲穂を実らせるようにと
手をまよこに広げ　肩をこわばらせ
どこでもない　前を　みつめ立ちつくす

その先にきみがいて　青い草いきれの中で
そのかげろうの光　ゆらゆらと
かかしの　胸の中をさらしてえぐる
比類なき弱味　そして強味であるもの

まもり　　いさめ　　ともに歩む
私を矯し　　私をひきもどし
　地を這わせ　　空をはばたかせる
けわしい山をすらよじのぼらせる

陽にさらされ　雨にうたれて
田の畦に　かかしとなる

私はかかし
　ここに立っている
　　全てが去ったあとも

林檎の実るとき

潮の匂いのする町で
夕陽は虹を　雨雲の向こうの立山になげかける
野辺の草は丈たかく　丘のうえで林檎があかくいろづく
陽をあび雨にぬれる林檎をみるのは
パステルナークの詩篇を読むほどの喜びだった

わたしの家が燃えた年
ひろいあげたまっ黒いカップが記念碑だった
鼻先にずっととどまる油煙の匂いにも
緑の丘を犬と歩けば　林檎はあかくいろづいていた
林檎は　群青に深く沈む　わたしの心に浮標（ブイ）となった

去年の夏　友と　犬が去り　わたしは暗深淵に沈んでいた
ぬくい冬のあと新たな客人が万人の扉を音なくたたいている
入ってこないように　背中あわせに　マスクで暮らしている
ホッキョクグマは百年後いなくなるという
わたしは　庭へおりられない
夏　棕櫚の樹のした　苔の覆う切り株のうえを
ウスバキチョウが飛び
鉄砲百合が白い花冠をのばす
友と会った山と　犬と泳いだ海へは　ことにゆけない
林檎はことしも　実っているだろうか
つややかに　こころなしか青ざめて

林檎はにんげんの原罪の引き金と聖書はいう
あでやかな夕陽が　受難の交響曲をかなでている

しびれるたなごころを開き　片手で拍手を送ろう

揺れるりんごは素粒子のフィルムとなり
虹は鈍色の空から退散する
深さ一二〇〇メートルのあおい憂鬱
あの三月　鯨の群泳をみた海
うしなわれたアルバムの　きれっぱし
友のくれたティーシャツが　もの干しで風にゆれる
疫病とホッキョクグマも底のほうにいる
わたしはいっしょにすわっている
百舌鳥が鳴いて雪の季節がまたくる
　厄災のはらから達が　蔓と根をのばし
別のかたちをつくっている
かたまりになって　林檎の樹にぶら下がって
さけびはじめる　おおきくまたちいさく

わたしもさけぶ　聲で明日をたぐりよせ
ほころびをつくろい　はおってボタンをかけている
とめ違えもひとつふたつ　あったかもしれない
走りながらさけぶ　夕陽にアルトで

夕陽はりんごになって　燃えながら海へはいっていった

蝶よ　どこで雨をしのいでいるか

海藻が砂にまみれて
波が寄せる
犬は泳いだあと　体を
いたるところに　こすりつける

黄揚羽と揚羽が
砂のうえにとまり
かわいた塩を吸っては　また飛び
砂のうえと石のうえに
交互に降りて　じっとしている

私は夢中になって写真にとらえていた
砂のうえの蝶を
蝶になった夢をみたひとを思いながら

けさは豪雨
　真夜中にたたきつける雨音が大きくなるたび
　　はっと目覚め　野原で飼っている犬が
　　　地面にじかに置いた小屋の中で濡れている
　　　　と思って　寝床を転々とした

湖から拾った犬は老いて捨てられた　だが賢い猟犬だった
　八年前　飼っていた野原で　たたきつける雨のなか
　　私を待ち　泥水まみれになって　手足をこわばらせ
　　　たどり着いた私の腕のなかで　息絶えた

人は　二年で細胞が生まれ変わるという
　雨音と犬の匂いに　あのときが　蘇りつづける

目覚めたらそばには犬がいる
　犬の死んだ年に生まれた犬
　　同じ白黒の猟犬にして　あまえんぼうの犬
　　　寄せてくる鼻づらを　そっとなでると
　　　　深く　息をもらして　また寝いりはじめる

　　そうか　チーズ
こうやって　人のすぐそばにいて
温かい寝床を与えられ　人に可愛がられたかったのか

それで　こうして
きのう浜辺で見た蝶のように　軽々と
生死をとびこえて　わたしのところへやってきたのか

人であるか蝶であるか　閾値を超えるほどに

あすもまた　目覚めるじぶんは　だれだろう
じぶんに生まれてきたのは　なぜだろう

雨が篠ついて軒をつたう

蝶よ　どこで雨をしのいでいるか

帯水層——vadose zone

草原に肉塊となって
投じられた
われらの夢は
　雨と虹の果てに
朽ちてゆく
白い骨となり
　流れる水となって運ばれ
　　地の底で
　黒いときは過ぎる
ざわめく想念が
　一身に運命づけられた構造をなし

子宮という伽藍より出で
　垂直に立ちあがる

蒼穹に滑落する
　眼をもて射よ

たばかられる衆愚の
　貪りつづける眠り
　　こんにちという
　　　刺し違える時間に
　　　　斃れ伏す黄金郷

溶けだした摩天楼が
無色透明な羊の群れとなり
　歩み去る

帯水層―ｖａｄｏｓｅ　ｚｏｎｅ
　時速七千キロの回転を
　　ともにくりかえすわれら
耳のなかに咲く　グラジオラスが
　波に洗われて
あめふらしに　姿をかえるとき
　　閉じてゆく　メタファーを握りしめ
　　　神は死す

マンドラゴラは
　水に映る自我という
　毒に麻痺して　沈黙する

帯水層―ｖａｄｏｓｅ　ｚｏｎｅ

流れ落ちる岩漿（マグマ）を掬い
呑みつづけるくちびるは
襞なすあつき臓腑を
冥府の奥にたくしこんだまま
　いとも無垢に
　　ふりかえり　ほほえむ
指ししめすところは
　人間の歴史
原罪に中和され
飼いならされた巨竜（ウロボロス）
　前触れなく　天空から襲う
　　静寂の庭に　裳裾をひき
　　　光の聖母が降臨する
　　　　サファイアの涙をまき散らしながら

帯水層—vadose zone
ゆききする
われらの絶頂
まなざしよ
跳びこえてゆけ
ともどもに
海の青
空の青とを

風の方舟（アーク）

1

深い底へとおりてゆく
あなたの息のねもとへと
あなたの眠っている枕辺へ
夢を盗みにゆく　黒い風になって

愛とにくしみの膜をとおして
あなたはいきをしている
くちびるをあて　ふいている
すっている　ふいている

あなたの臓器に　愛がみたされると
風は薔薇色にかがやく

いなびかりが走り　苦い体液となって
あなたが憎悪をぎらつかせるとき
風は黒い雲をつれてくる
まなざしという放射能で
私をとかそうとする風は　暗闇にかくれこむ
瞬間風速九六メートル
エウロベンの針がふり切れた　午前一時十五分
憎しみの季節が　ねじれた時空のただなかで
時速百キロのうねりで　あのひとたちを連れ去った
泥だらけにして　口の中まで

閉まらない扉を　うちつける　かなづちは　ないか

あれから　部屋が　涙でいっぱいなんだ
女たちの　ため息を　男たちの聲を
夜の帷に　嘆きを流そう

（てんのためしや
じこなどという
絵ぶみをはなれ）

2

夢のなかで　恋人同士だったわたしたちは
もうみえなくなった眼で
瞳を向けあい　貌をそむけあう
ふるえるゆびで　たがいのゆびを

とらえようとして　しくじりつづける

裸のまま　熱砂の季節に
こごえながら　風をおくっている
そのくちびるを　あわせ鏡にして
姿をあらわす　美しいけものを映しこむ
湖は夜明けにさんざめいている

時計はとまったまま　アルバムの色はかわり
妹や弟たちが　奪われた大地の
懊悩と絶望からはなれて
わたしたちをみている

ふかく眠る　はらからの
息は地底のレクイエムになる
射落とす　まるい穴の　上の青空を
愛するものたちの援護を　一身に享けて
詩の柱を立て　土を踏みしめている
凪の方舟はあなただ

息吹は魂のそれぞれの響きを奏でる
禊の明日という噴火口から
怒りとなって噴出する
抜け穴がつながり歌いはじめる
野性のものは耳さとく聞くだろう
そのときわれらの星に

流転を漕ぎわたる光が　ふと顕れる
流砂に沈み　浮かぶ瀬に
凪の方舟は　あたりをはらい　聳えている

夜が連れてくる

夜の電話が死を告げる
あの人のお父さんが　亡くなった
ひとが　永遠の　旅路につくとき
魂の重さをはかる装置を操作するような
厳粛さで発せられる　〝死〟という言葉の
銀色の帯で　するりとからめとられたら　喪失を刻印されていた

夜が連れてきたのは　神
左のほほにその痕が残っていた
喪失をぬぐいさるため
生身の肉である舌のうえに　砂をまぶすように

〝死〟という　ことばをまろばせてみる

おれ　こんど六年生になるんだ　子どもはいい
お父さん　ねえ　お父さん　木の床に　老女の　声が落ちて
　水のように　神は満ちてくる
アイスバーン
　光る　アスファルトの雪を　月が照らす
犬は　けっして脱ぐことのない　毛皮のなかにいて
眼を青く光らせ　先に立ち　なにかを信じて　疑わない
歩みのさきに　闇を運んでいく

　ほら　夜が連れてくる
闇をつかんで　なげると
古びた海辺の町の　線路だったりする
　青いレールに　警笛が遠ざかる

（おまえの家は　どこ？）

氷が　水芭蕉の葉をとりかこみ
水底で腐食する泥土がささやく
蟷螂の卵が　畑で問う
（おまえは　だれ？）

影のほうへ　ただ　影のほうへと　かくれながら
頭蓋骨を　そっと右に傾けて　たしかめる
血肉と　思考に　まだ重力があるかどうか
その先っぽは鉤型だよ
だからって　そんなに懐疑的にならなくともよい
そんな月夜だろう　今宵は
星と　都市の夜

遠ざかる　ときが過ぎてのち
私は　けっして拭うことのない　恥をのみこんで
　犬　のうしろをあるく

　　　　そのあいだも　臓物を
　　　　ほら　秘密めいた　臓物を　ゆりゆりと
　　　体内にしのばせて　あたりまえのように
　　　　ゆりゆりと　それはあたたかいのに
　　風にさらされる　ゆびさきを
ついぞあたためることができないのは
いったい　いかな理不尽かいぶかり
　　　かわりにポケットに手をいれ　電話はつづけられる
はらわたのなかに　手をいれられない焦燥が
罪の記憶をよびさます　罪を重ね　罪は巧妙に
背骨の軟骨に隠れている　懺悔のときまで

あの　ランゲルハンスの島までいきつけば
それはひとつの　進化なのだ　と
聖と俗とをつかさどる　夜が　告げる
アンテナもない　通信の　精緻な　金属片　は
深海の　げんげの群れが潜んでいる　海底に　みつかることもある
神妙な顔つきの　魚の口からあぶくが　ひとつ　ふたつ　みっつ
明けの明星となるまで　夜の裏側を　旅人になって　さすらう

つか　つか　つかつかつかつかつか　つか　つか　つか　つか
つか　つかつかつか　つか　つか　つか　つか　つか　つか
　　つかつかつか　つか
　　　　つ　つ
　　　　　つ

朝　海の道こえ
翼を光に染めて　かもめ　啼く

羽化と翼

テトラポッドと暗渠に　波は砕け
　歩く　歩く　　歩く
　　飛べないかもめが　けんめいに
　　　跳ねる　砂のうえ

歩く　歩く　　歩く
犬は空を見ない
　打ち寄せられた　おびただしい葦のうえに
　　体をこすりつけて　ころげまわる

歩く　　歩く　　歩く

子どものスケートボードをかかえた私は
　きょうの光が　いたたまれないほど恥ずかしい
後ろから　子どもが来る
波打ちぎわに寄せる水に　きりもなく鬼ごっこをしかけ
靴を　波のレースに洗われ　しまいに　はだしになり
　すねもあらわに　髪をなびかせ　かけてくる

　海は　汚れた　藻の緑
　空の明るさ　黄色く濁った　海

光の振動のなか　かもめの正確な飛翔の下
　透けて静止する　翼
　じょじょに　羽化する
　自我という　怪物がやってくる
　海

射撃手

1　湿原にて

射撃手　草本の船旅　おまえは　ものをいわない
ものいわぬ道連れと　雨に濡れて　歩く　獲物をさがして
ラップランドで　リンネは湿原をあるいただろう
五百年前　亜寒帯の植物標本は採取されて
王立の博物館におさめられただろう
雨のなか　リンネは花を摘んだだろう

ここにリンネの標本の写真のおさめられた本がある
ラ・スペーコラ　フィレンツェの博物館で

偶然会った法律家は　次の日にも
ライフルのような　機材で二日にわたり撮影（シューティング）した
ズンボとスーシの蝋細工
　臓器をさらした　十六歳の少女の像を

二年すぎてわたしは　リンネの写真の本をうけとった
国境の街ルガーノからヨコハマへ
『転生』と名づけたじぶんの版画を　ルガーノへ
二日つづけて　出会ったただその出会いに

あれは十月　母のうまれた月

2　羊歯と苔から流れだす十月

十月は湿原にそぼふる雨

雨　雨　雨　十月は雨でできている

十月という外套を　すっぽりかぶった裸のおまえ
なくしものをさがすふりで　ものいわぬ道連れの
撃鉄を起こし　ラップランドを想い
湿原を歩く野良犬になり
かつて城のあった山の　堀切りをとびこえ
猿の群の　匂いをききわけ
栗のいがをあしうらに受けて　廃墟の城へ翔ける

もののふどもが狼煙をあげたときも
樵の樹の下に　羊歯はゆれ　とおくの海が光っただろう
　射撃手（シューター）　おまえの血が　花々におおわれた
流刑の湿地にしみとおるまで
打ち寄せる海波の　白い弾丸を噛め

六十年後　放射能は方程式上大地から滅却するだろう
露と飛沫くことばの　くるおしく荒れる
海端に　鷗となり　咽からしぼる叫びで　沈黙をまもれ
流れる　流れる　クラストの弱さだ
雨がサージを運ぶ　おまえを運ぶ
ぬかるむ灰と湿地にふる　雨　雨　雨
雨のなか　リンネは花を摘んだだろう

無花果を割り　果肉に歯をたてれば
十月は　雨でできている

富士

細尾野林道
滝沢林道
つばくろ沢（さわ）
鳴沢
本栖第六風穴
信玄の石塁
上九一色（かみくいしき）中学校
富士ケ嶺
富士風穴

軽水(けいすい)洞穴

神座風穴

蒲鉾穴　蝙蝠穴

二十二番出口

根場(ねんば)浜

大瑠璃

竜宮洞穴

独木舟

野鳥の森

昭三さん

大室山　大室洞穴

和人(かずひと)穴　竜ヶ岳

黒岳(くろたけ)太郎

破風(はふ)峠

シッコゴ公園　勝山

西湖（さいこ）　よねこ道（みち）

野鳥の水飲み場

紅葉台

剣丸尾（まるび）

非専門家

環境科学研究所

鳥獣保護区

野尻草原

吉田胎内樹型

船津胎内樹型　富士桜

吉田口登山道　船津複合樹型３４　３５

井戸型樹型　Ｈ型樹型

樹海台広場　赤池
　精進湖口（しょうじこぐち）　迦葉トンネル
　　女坂（おなんざか）　みのぶ　雨（あめ）ケ岳

このしろケ池　三島ケ岳
伊豆ケ岳　白山岳
剣ケ峰　大日岳
　大沢源頭
　　烏帽子岩　喰行身禄（じきぎょうみろく）　七月十三日
　　　富士からの帰還
　　　　いらい空気は薄いままだ

鳥のうた

くらのなかを　さみしいという　人のいて
そのひとの　はじめてかいた
詩のさみしさに　おどろいて
涙を流さんばかりになり　くらのなかで
ときをうしない　さまよう

人の立ち　人のあるいた　土間中庭に　雪は降りこめ
浜には海鵜の群れが　おのおのの孤独を
みつめるように　くろい頭を風上にむける
陽は射し　テトラポッドにつもる雪が
白黒の幾何学模様を　海に浮かべている

のびのびと　もぐったり浮いたりする
水鳥の列から　むこうの半島にも　雪が雲間かくれに見えている
　突如羽音をのこして　テトラポッドから　一羽はばたく
湾をよぎり　水につくほどひくく
どこまでもとびつづけ　みえなくなる
一本の直線の残像が　海のうえでやじるしになる
そのときゆくての雲を　光が金に縁どる
鳥につかさどられた時間の　祝福を享けて
あんなにも　雲がかがやいているのはそのためだ

また風景は静まりかえる
わたしは　窓辺にすわる
鼻をすすり　顔を伏せる
いきをすることが　ゆるされてあることに
ゆかねばならぬ　その苦渋に

煉獄にて

海をみているひとをみている

　眼差は　空のあおを

どこまでものぼって

　　この煉獄から

つかのま　ときはなたれる
気のする　ゆふぐれ

得心

あのひとの　言葉など聞いていなかったはずだが
そのときのコーヒーを　覚えている
去年の夏　亡くなった久間さんが淹れた
ネルのドリップでもなく　ネスカフェだったか
コーヒーカップの　ありきたりの白さと
蛍光灯の光　夏の薄物　帯と下駄
立って話したその声が　とぎれとぎれによみがえる

聞こえなかったとおもった　意味を覚えてもいない
言葉が　時空を超えて　憑依する
声は　部屋を出て　野性の野に還る

ハートランドに　棲む人に　　遠野と　伝説の
　　大地の歴史が敷衍する
すべからく　空飛ぶ狐は　たそがれに
ゴブラン織りのばんどりとなって
白き野の空を飛ぶ
千六百六十六年に生まれた画家の死は
父の誕生日とおなじ　と書いた
きのうのメモ紙はピンク色で

苦く　笑う　そのときに　得心する
時空と　性を超え　生れくる　輪廻転生を

発着所（プラットフォーム）

犬がしめった鼻を胸にうめて寝息をたてている
むかしいた犬　十年前にいた犬　いまいる犬
犬をまもり　犬が適温でいられるように
わたしははからい　犬はわたしの世話をうけて生きる
けれどわたしは　犬なしにはどこへも出発できない
犬がいなければ　犬を　おいてゆけない
犬がいなければ　犬と　どこへもゆけない

犬は永続的な発着所（プラットフォーム）だ
到着してまた出発する
犬はどこへもゆかない　いつか出発する　わたしという適温から

わたしもいつか出発する
犬という発着所（プラットフォーム）から
わたしもいつか　適温でなくなる
あたたかくもつめたくもない犬が
たくさんいる発着所（プラットフォーム）に　みんな出発したら
むかしいた犬も　十年前にいた犬も　いまいる犬も
わたしも到着する
あたたかくもつめたくもないところへ

風邪ひきの春

風邪をひいて三日めの真昼
鉛玉になった頭を体にのせ
記憶を頼りに歩みをすすめ
おぼろ花ごころにつかれて
娘と犬と　つれだちくれば
水芭蕉は白いうなじゆらし
きよらな緑の葉にくるまれ
古の湿原に水は青空を映じ
土手には桜が茫洋とけぶり
散るでなく満開の昼さがり
風邪ひき花にたずねてみる

別のところでうまれ暮らし
きっといっしょに咲こうね
って　はなしあっていたの
お日さま照り風が吹いたら
咲くのはこの瞬間だからね
って　だれがあいずしたの
そんなものはだれもいない
そんなものは　なくっても
ぴたりいっしょに咲くのよ
あははは　ははは　ははは
はなはすずろにさんざめき
わらっていて相手にしない
風邪ひきあたりをみまわす
いまのは微熱かまぼろしか
娘と犬がいて風邪ひきの春

犬と羅針盤

犬は犬であって犬として
人が人でない一日がある
過酷な労働が明けた一日
夜まで寝て犬に促される

てぶらで犬につき従う道
外灯の下犬のゆくほうへ
踏み切りをこえ家々の裏
神社の草の露に足濡らし

さびれた町の酒場の路地

厨房玄関木口からもれる
夕餉の匂いテレビの音が
暗い細道をみたす寂しさ

犬は濡れた鼻で嗅ぎ覗き
いきどまりの袋小路ぬけ
運河から河口の橋場への
広い道に出て早足になる

蔵の仕事場への通い道を
私を引き従えて犬は一路
闇のなかパズルを解いた
海鳴りの防波堤のきわの
混凝土(コンクリート)の階段を昇り扉へ

犬の羅針盤(コンパス)は世界の匂い
中の羅針盤はＳ四一年製
極地の海を知る古強者

鍵はないんだはいれない
そっと引き返すのに犬は
なぜもいわず疑りもせず
人犬一体の家路をめざす

きのう小さな石鹸が中にいて
捕まえて　防波堤越え
海に投げたら　転んだと
話してきかせたいが　犬に

今だけあり過去未来なく

ああ犬に今だけあり人は
過去と未来を気にかけて
今をおりおりに捨て去り

支配と隷属と闘いと平和
考えあぐねるうちに犬は
辻辻に大きな道をえらび
着いて寝床に眠り始める

犬は犬であって犬として
人が人でない一日がある
過去と未来と隷属と支配
世界が羅針盤を欲する夜

つばめ来よ

1　つばめ来よ

つばめ来よ　天金の書に
でる　はいる　でる　はいる
針は　刺し　糸をしめる
切れこみ　くいこみ　白く　はりつめる　糸
針は　刺し　糸は　たわむ
ゆるめる　ねじれる　よりをもどし　かえす　糸
蜜蝋びきの糸　截ちきった紙　白く

つなげ　かがり　くいこませ　引く
ねじれ　もどり　小さな聲を　きく

すでにかかれた　または　まだかかれない
世界　ふかく　もぐってゆく

あなたといっしょにいた町で　こどものころそうしたように

2　争いは水辺に

争いは水辺で　黒い水の　もと　砲撃はおこなわれ
テロリストは　母の希望の息子　足のながい若者

祈りは　のろいに　かわり　呪いが　いのりに　かわり

地は裂け　山も　揺れ　家にかぶさる　波があまたの　命のむ
自然のはからいに　にんげんと　にんげんの　あらそいに

先のある人生　誰かの子供と親で同胞だった
とざされた瞳の　星星を想い　わたしはかがる
かがりながら　糸になる　紙になる　針になる

それから　紙と　針の　ワルツを踊ろう
あなたといっしょにいた町で　百年前　そうしたように

3　世界は　綴じられ　本のなかに

世界は　綴じられ　本のなかに　はいっていく
文字をたたんだ紙に　針と　糸は　ゆききして

過去と　今と　未来を　しずかに燃やしている

切れめは　糸を引くと　くく　と　聲をあげる

折り　綴じ　かさねる　わたしの手は
太古の　いとなみ　なぞる　よろこび
精霊　おわします　厳粛に　紙さきで
目の開き　初めて見える　ひとのよう

あなたといっしょにいたあの町で　こどものころ　そうだったように

　針が紙にはいる　炎は細く垂直にあがる
　むこうへ　はいり　こちらに　もどる
　かなたへ　ゆき　こなたへ　もどる

見える　かくれる　白く　うごく　かがり糸
綴じられる本に　詩群は伏兵になり　ひそむ

4　天金は　富士の頂の

つばめ来よ　天金の書に　と　先人はうたわなかった
黒い羊皮のせなかに箔を着せ　活版の　組み字で題を　押す
金の湖に　着水する　錫の鳥

剣のように聳えるA　兵士のスクラム　M
　広大なスケートリンクO　ダンサーのパドゥドゥーR
いつも　かすかに　ふるえる　手で
まんなか狙って　堂々と　ぶれる　刻印
おおいなる　ゆらぎ　その文字は　愛（アモール）

戦のあと　野辺で　子どもらが　遊ぶ
女がオムレツを皿にあけると約束の地が現れる
　男は瞳も口も愛で　いっぱいにして　笑う

稲穂の実る　平野と森を越え　峰にカシオペヤはうすれ
明け初めて　鯨のかたちの湖に　　太陽が映っている

文字から　轟く　波が　せまり
城に狼煙があがり　戦がおきる
だが　勝ち負けはなしというと
兵どもは風になびく草になって
草原は　緑の丘をなして木々は繋り
森では　りすが松ぼっくりを
貢物にして飛びうつる梢の下

せせらぎは流れ　水底に空光る
あなたといっしょに　いた町で　こどものころに　そうしたように

本をつくるあいだ　夏の陽が　座右とした　稀覯本の
天金を輝かせ　ながめるうちふと　まどろんだらしい
目をあげると　窓に　つばめが来て弧を描いている

つばめ来よ　天金の書に

天金は　冨士の頂の日の出に似て
あなたといっしょだったわたしが
あなたから生まれる　百万年前とおなじように

ががんぼう

七月
モスラみたいな　キイロスズメは
つながったまま　とびたとうとはためきあい
地上でたがいを曳舟にして　力つき逝ったのだ

九月
ががんぼうは述懐しない
雲を透かす　羽根をうごかし
つながったまま　黒い眼で　わたしをみる
みようという意思と　みえているものへの感懐が

どうあるのか　ががんぼうの眼をみかえす

憐れまれている気がして
ががんぼうのうしろの　黒松にたずねあぐねる
黒松は　なにもいわない
わたしは呆けたように見あげている

つながりながら
飛翔している　上昇してゆく
曲芸は　ごく自然のうちに

わたしはふたたび　ががんぼうをみる
ふたつのががんぼうは空の高みへとのぼっていく

痛みをかかえる膝と腰で　部屋へもどり
七日ぶりに　机につけば
わが身は　肉塊らしく
黯い血が　ずるりと流れ　腿をつたふ
罪めくいろを　なん百回みてもひるみ
露けしもの　とヒトをひきくらべ
それがなくなってひさしいまも
罪はヒトにある　と眦(まなじり)をひきしめて
空をにらんでも　ががんぼうは　いない

あれは　空中の方舟か
浮上は　落下のはじまりか

空は青さをまして反転する

1

とびらの中にいて　大正のガラスのそばにすわっている
大胆と細心について考えている
太腿は知っているだろうか
きのうときょう　動いている　着飾っている
みっしりとした血と肉と骨はからみあっている

白雪姫をアクリルグワッシュで描いた娘は一睡もしなかった
あおざめた皮膚に瞳は光をましたようだった
夜明け　青い山を背にした　黄金色の稲の実りの先に

日の昇るころ　夢もみずに眠っている

流転する　よこたわるからだ
うすやみに生命がむかう
あすはあって　あすはない
今を知らず　ねむっている
きのうを　おき忘れたのは
たてかけたイーゼルの　カルトンのうえだった
クリムゾンレーキの　びろうどのような毒りんごに
しののめの　光がさすと　白雪姫はめざめ
王子の眼差に　百年の眠りが　フラッシュバックする

白い太腿のうえで　からだのしたの方へ
したの方へ　ときはむかう
起きあがるからだ　反転する大転子は肉をまとい

家なき日々に　空は青さをまして反転する

2

焼けあとの灰に　ビーズのはいった
デコボックスを　さがしにゆこう
英語の朗読をきかせてくれ　娘よ
おまえの未来を　その声に聞かせてくれ
今日の瞳に　立山がうつっている

ネガとポジのフィルムの　堆積のような焼けあとに
降れよ　九月の雨よ　蕭蕭と　雨のふる九月よ
達治の描いた　大阿蘇の　牛の群れのように
無辜のままでいる　焼けた柱よ

起きあがり　生に反転する
死に至るときまで　炉の中に　灰のなかに
反転する　からだのしたのほうへ
はじまりを　敗北を喫するように
味わいつづけている

3

赤んぼうに歌をきかせるように
はじまりのそばで　鳥がさえずっている
犬が　鼻をすりよせてのどをならす
ききなれた音と匂いから　遠ざかる
もう　あわなくなる　　音を立て　しずかになる
はじまりは　うれしく　はじまりは　にがい
もっていたものがみななくなる

もっていなかったものでうめつくされる
あったことのない人と　あいつづける
知らなかったことを知ってしまう
あたらしいものがやってくる　美しいものがやってくる

4

失われた本の　ページにはさまっていたのは
いなくなって久しいひとの
覚えがきのように見せた　いたわりの手紙
はじまりとともに　終わりをつげる
友情やつきあいや恋に　またかと思う
　またか　と思いながら　こんどこそは　と思う
こんどこそは　と思いながら　どこかで終わりを感じている

流れの小さなもの　　音のかすかなもの
　声を出さないもの　子どものようにしんぼうしているもの
　運んでゆくもの　つづいてゆくもの
白い雪は溶けて　黒い大地となる
うすごおりに差してくる　光　また　光
陽の差してらす　水の色
水面に吃水する　母鳥の　羽根の安らぎ
駆逐艦の発動機の始動

かりがねのとび立つ音　赤んぼうの笑い声
世界が凍りつくとき　そこにあって　やわらかく息づいているもの
矢の早さで　満ち欠けする　月
軌道をたがえずに回りつづける　惑星
そのまわりをまわっている　スペースシップ
やわらかきものをはこび　はじまりにいつづける

パンと芍薬

千キロをへだてている母のたとえ　となりにいても会われぬというなら　夢枕に立つことならかなうだろうかと　思い思いして醸した甘酒に息子の焼いたパンと庭の芍薬のつぼみを三本　大きいのから息子に切らせ　わたしたち三人からのつもりで送ったけれど
母はその日から点滴だけの絶食をしいられ
ひもじいとに食べられんとよ　と　ふがふがした聲でいい　それがはなれて半世紀ではじめて送る花で
　いきとるのにかわいそかけん　いらんいらん
といってきたひとにわたしでなく息子からなら免罪　ともくろんだが　枕辺の器具とゴムの管で　きょうの命をつないでいる　母の目の前からそれはとりさげられ

きれいかけん　なんの花が咲くかねえって　看護婦さんといいよったとよ　添えたカードの息子のかいた字をよめなかったらしく芍薬とわからないままの母にわたしはかなしくいう

　それは　しゃくやく　芍薬よ

　　その言葉だけで　花をみたように　うれしげに母は

　　　シャクヤク　芍薬やったとね

特別なもののようにくりかえし翌朝には　ほかの病院へ移り消息がわからない

　永く母が　マンゴーと呼びつづけてきた　おなかのこぶがあったのに　私は知らされず　もう皮をつきやぶって顔をだしていてその移った病院で治療にはいるのが五月の十一日と看護師にきかされそのあと連絡もなく　科すらわからない

　なにかあれば携帯電話へ　なにかってなんなんだと思い続けるうち強烈な頭痛が襲い　左耳の上のあたりに　棗の種くらいのこぶがもりあがりしだいにふくれてひりひりして母の聲が残る

またたべられるごとなったら　いりやちゃんに　あのパンばやいてねっていってくれんね　でももどってこれるやろか　もしもどれんやったらそんときはっさい　あんたたち　骨の灰ばさ　ちっとおくるけん　あのくるめのさ
あの久留米の筑後川へいって片の瀬橋を渡ったとこを左のほうさ行くと
菜の花がどこまででんまっ黄いろにつづいとう土手に　リーば散歩さしたら喜んでかけまわっとったと　その根元へちょっとかけてくれんね
それはないよ　そんなの無理　景色ももうかわっとうけん
そんなとこみつけられん
泣き声のわたしに　夢追うように母はわらって
あんた　筑後川は筑後川たい　土手のないはずなかろうもん
菜の花のまっきいろして　どこまででんつづく土手たい
かねしま駅の目の前の　片の瀬橋わたったとこ

橋わたればすぐたい
そのとき二人とも　家ではなく病院の外線をふさいでいることに
はっとなり　母はしずかにいう
病院が迷惑やろうけんこげな話は黒電話でせな
歩けなくなった母がどうやってあの大好きだった黒電話のある自分
の部屋にもどるんだと思うとたん母の身になりくらやみにほうりこ
まれるような恐怖に胸ふたがり　やっとのことで
いりやはパンを焼くよ　芍薬も来年また送るけん
いううち看護師のきりますよという声がありスマホの画面は黒く落
ちた
　悲しませるようなことばかりいわれてきたとおもっていたが
ことばを　棘のある蔦のように茂らせ　おおいつくしたのも　なが
くひとにもあわなかったのも　鬱を病んでもいたからではなかった
か　だからおなかにマンゴーになってふくれていったのじゃなかっ
たか　責苦を子どもに負わせるたちが　みずからむしばみつづけて

いったのじゃなかったか　いまは　白いカーテンのおりかさなる奥
のベッドに器具とひとつになり　息づいている
ただひとりとなった親に
　菜の花のまっ黄いろにつづく土手へは　なおってからいっしょに
ゆこうといえなかった娘はやさしくなかったたか
けだかくも　けざやかに　雪をまとう裸身にちかい　たましいに

カウントダウン

1

心の中で　カウントします
切符をきります
知らないとはいわせない　と
思いながらだまっています
笑っています　あいづちをうっています

めぐりあわせを　くりあわせます
いつか地上からいなくなるので　めくじらはたてません
おんな　あなふたつ　カウントはもういっぱいです

三日目にか五十年目　別れをつげ
めんめんに　すてた時間を　引きあげてみます
もとどおりになるのに　おなじじかんがかかり
ほぞをかみ　十年あっというまで　かぞえることをやめます

2

縫い目がほつれ　いっぺんにぴゃっといき
うらみはあるが　だれにだったかわすれます
なににそんなにかんどうしたか　わからなくなります
あっても　なまえがわからなくなります
感情があるようにみえるように　くしんするようになります
現在と未来が　話題からなくなります
そのまえにどちらかが　きえることもあります

消えろとねがわれることや　いわれることもあります
訴訟されて罰金がきまって　八百万円といいわたされたけど
あいてが死んで　大笑い　といったのはある弁護士
おんな　あなふたつ

3

『女くそくらえ』
　筑豊の詩人はいいました
『あたしにゃ　ふるさとがないとよ』
炭坑にうまれ　炭坑から炭坑の
少女時代をおくった母がいいました
母よ　あなたと訣別した娘にもまた
ふるさとはないのです

おんなじおんな　おんな　あな　ふたつ
もう二度と電話しないと　決意して　くだける四十年
黒電話　プッシュホン　公衆電話　携帯電話
嘲笑と否定を　受けつづける耳
話すたび　血も出よと　かむ唇

4

はらからであるよりさらに　ああ私たちは親子ではありませんか
おんなじおんな　手をとり　ぬくめあうのがむずかしいです
あいだに男もおって　あたりまえだから字にもなりません
　男男　あいだに女　嬲るという字が　わたしはこわい
　よのなかいつからこうなんでしょうか
さかさまになった世界　昔の学者もいったとおり
テーブルもさかさま　価値が空をとぶので

あわててダンスをする日々に　国境をこえて
オキュラスでみるような　オミクロンという
侵入者に世界がこおりつき
森をこえられずに移民がこおりつく

好いた男に逢いにゆき　着物の裾をこおらせて
ゆきだふれた　からゆきどんの心の熱さに
想いをはせます
母もおらんごとなったいまは　いえます
くるなら　手をぬくめてやりまっしょう
じつのところ　犬に猫に青がえる　妹は来ず
おんな　あな　ふたつ

三十分

まっ青の空につき出す
焼けた柱の黒いトーテム
ただ一度の壮大な夏の火を
のがれてここにいる
三十分　ときを忘れ
犬とのゆききに樺の木の立つ山道
いわかがみをみつけ　すみれをみつけ
息をはずませのぼり
また下り　ゆききする　三十分
家が炎を吹き　燃えつきる時間

青磁　Celadons

舌にあてると　冷たくあまい鉄の刃は
人でないものへささげられ　天を突いて立つ

騎馬が歩みときはとまり　旅はつづけられる
五百年まえ　焼かれ　発掘された青磁四方鉢

星辰の下　旅する貴人の姿に
　雪解の色を秘める釉薬の光沢に
ときは　いきづきはじめる

甃にて

きのう　はじめてあなたと　富士の五合目で　甃（いしだたみ）に出会った　といおう
うら若く　かがやく笑顔のあなたと
いつか　あなたがそこへ行った　とおしえてくれた
三合目の　おおしらびその森のこもれびに語らった　といおう
あなたとそこへ行っていない　かきかえている
思い出を　かきかえる　おきかえる
すると　あなたは眠りについた甃に　いきかえる　笑顔でかたりはじめる

私が離れてもどってくると　ロールパンみたいなしっぽを
ぴんぴんふって　とびついて迎えてくれた犬よ
おまえにはじめて出会ったのは九月二日

おまえをおいてこどもたちと三人　家を出たのも
七年あとの同じ日　八年目のはじまる日に別れた犬よ

いっしょにきてこの家でおまえは暮らし　庭のみどりにねころび
走りまわり　たびたび行った　劒岳のよく見える
ダム湖うえの山をのぼり　ともに寝起きした　といおう
思い出を　かきかえる　おきかえる
すると　犬よ　おまえは　いきかえる　いっしょにあるきはじめる
山の草を踏み　かもしかに驚いて私をみあげる

友と犬　いきかえる　かけまわる　笑っている
人のくらしを離れ　人でないものになり　星辰の流れに歩みをすすめ
宙ゆき雲と流れ　山に泉と湧いて　大河となり海へゆきついて
人智のあずかりしらぬところにたのしく遊んでいる

思い出をおきかえる　いれかえる
思念を　祈りにかえ　言の葉におきかえるように
川のながれをいれかえ　枯れた森を緑にとねがう
海の波を沖へかえし　空気を澄みわたらせてとねがう
これからのときを　おきかえ　かきかえんとねがう

甃のうえ　富士の空で　まみえるときまで

夢の作用

棚にながくあってふと取り出したノートに
ボルドーのインクで字がかきつけられていた
《海辺のまちは　うらさびれていた
雲間に条光のさす　賢治の詩にあるような
一隅だけが明るい　鉛色の景色に空がぽっかり抜けていた
生まれ育った家から　かねての相手へ嫁ぐ私の支度のあいま
母と妹が　階段をのぼり降りしながら
話し　ときおり笑う声が　はなやいできこえていた》

私は　海辺に生まれ育ち　これから嫁ぐ女なのだった
喜びと寂しさが　ないまぜになった　北の家の空気も

ふるさとの家という感覚も不思議で　めざめてすぐかきとめた
引っ越したときも　このクロス張りのノートは　なくさずに持っていた
らしい
《その海辺に棲んで　すでに七年が過ぎようとしている
母と妹が　箱や盆をたずさえ廊下の板間を踏む音や
呼び交わす声が　まざまざとよみがえる》

めざめのときまで夢に生きて　眠りの岸辺によせて引く
波ごとの残滓がとおざかって　現実にもどされゆくあわいを
ボルドーのインクでしるした　綿と麻のノートの字がもう誰のか
わからない　じぶんだった　と気づいてまもなく
　ノートも万年筆もすべてひとしく失った

あとさきには　ずっと雨　もう雨　やまねぇ雨のごときがつらなり

初夏の　ある晴れた夕　噴きあがる炎に
初秋の　杜の上に　小鷺舞う昼下がりに
靴と少しの服と鞄　犬はおいて
それでも　墓前にくるまで　扉を開いたのが
あの　絵葉書とは　気づかなかった

I先生の一行の末尾として
階上の奥にしつらえられた　コレクションルームに
星々のように沈黙してかがやく
　オブジェ群に謁見してのち
絵葉書の絵にかつて対峙して　運命を信じ
今や懐疑的になった足で　その絵をさがしていた
すでに　はずされてながい理由を知り　別の絵のかかる壁に
　残像を追いながら　ステアリングを握っていた

慰撫するように　オリーブの枝は　ゆらりと
あるいは　さらりと　かすかな葉鳴りのうちに　ささげられ
　私ははじめて　ここに立った　その本はよめないまま
　手をふれたときには　すべての文字をとどめたページが
灰となって　ほろほろ　くずれおちた

ここへ来ようの　言葉だけの差出人の前から　私は去り
四半世紀まえ　デルヴォーの絵葉書に導かれた　聴講以来
ちぎれた結びめを　そっと結ぶささやけさで　池の底に沈む私に
もたらされた蜘蛛の糸　つかまり　北の地で　再びまみえた
I先生は　幻でなく　石の面は　シルエットに
みえかくれしている
雲一つなく　灰色いやます鈍色の空のした
黒服の腋窩に　にじむ　汗に耐える　礼節の墓前

迷宮の最奥　もしや出口の扉はこの石と
想念が　つかのま渦を巻き　じじつ煙草の煙となって
御影石の肌を　粒子がつつみ　石は視線を享け
　聲はその表にしみてゆく
モニュマンの　そんなにもやわらかな円居は
　親しくくるものの敬意をうけとめて　面を伏せ
いまにも紫煙を　くゆらせそうにみえる

柄杓で水が　丁寧にかけられて聲がした
「こうすると字がよくみえるのです」
かわいた石の陰刻に　水はつたう
にじみ　やがて　あらわになった文字は
〝Rrose Sélavy〟

海の底のように静まる　オブジェの箱の部屋の

　左うえのほうに　それはきょうもあった
秘法十七番　呪文の薔薇は　水打たれ
浮きたち　ほどけて　たゆたう

墓前去りがたく　ときは満ちて
石の質量を　いだきながら　年は明け
「われわれはわれわれの幻想の中にこそ生きている」
しるされて百年　灯火は　春を点火する

　さなきだに　雪のなか
薫る梅の花芯に　炎となり　発火する

あとがき

詩をはじめてかいたのは、ふるさと博多の小学校の授業でした。

夏休みに、ひとりベランダのプールで裸になり涼んでいたら、おおきな黒い蜂がとんできて、どっと汗した体験を「くまんばち」としました。朝顔の竹のあいだをついっと出ていったあれは思えば温和な大丸花蜂です。担任のシスターが教育機関の冊子に投稿して掲載され、記念品は級友もどよめいた電話のダイヤル形の白いペン立てでした。勇んで家に帰り母に見せ、詩の賞品といったら眉間にしわをよせてわらい、八歳の私に「お金ならよかったとに」といいました。

いつも困っていた母。いまは、白い割烹着姿の母も角刈りだった父もいません。家もなくなりました。

東京の、神保町の美學校で石版画工房に所属してのち油絵とあわせて少し詩をかいていた時期を経て、富士山に移り結婚と子育てのなか画から字にかえて模索していました。

富山で文学同人を経て富山県詩人協会会員となり「アンソロジー」「金澤詩人」へ

の投稿など発表の場をいただき今日があります。

陽の目をみるとは思いもよらず夢のようです。燃えさかる家からノートパソコンだけ持ち助かった詩群とその後の詩篇です。ドキュメントに名づけていたタイトルから一文字とり詩集の題としました。

いまは、冬には背丈をこえる積雪で玄関があかなくなる棲みかに、つないでいない電話があります。この本の後半におさめた「パンと芍薬」で、まだ闘病中だった母の黒電話です。

巻頭の「麦秋幻想」の葡萄の木は伐り残された四本の木がたけなわの秋にずしりと巨峰の実りをゆらしています。「夜が連れてくる」と「犬と羅針盤」や「風邪ひきの春」の犬は白黒の猟犬で「麦秋幻想」は茶白のちいさな犬です。

能登印刷出版部のみなさまにご労を賜り厚くお礼申し上げます。

編集の奥平三之さま、デザインと印刷製本と発行を手がけてくださいましたみなさま、励ましてくださるすべての方とお読みくださるみなさまありがとうございます。

詩群を美學校の代表であられた故今泉省彦先生と係累に捧げます。

二千二十四年十月　金木犀香る朝に　鶯浦　るか

鶯浦るか詩集「星の血」
新・北陸現代詩人シリーズ
2024年11月10日発行
著者　鶯浦るか
編集　「新・北陸現代詩人シリーズ」編集委員会
発行者　能登健太朗
発行所　能登印刷出版部
〒920-0855　金沢市武蔵町7-10
TEL 076-222-4595
印刷所　能登印刷株式会社
ISBN978-4-89010-841-1